TEXTE : GILBERT DELAHAYE
IMAGES : MARCEL MARLIER

un mercredi pas comme les autres

casterman

Aujourd'hui mercredi, Martine et François, le fils du garde-pêche, se sont levés de bon matin pour aller explorer *La Héronnière.*

La Héronnière, c'est un étang avec une île au milieu.
—Tu verras des colverts, des hérons, des martins-pêcheurs, explique François.
Entrons par ici. C'est plus court.

La grille est bloquée. Ce n'est pas facile de passer avec les vélos. Sur la pancarte, à l'entrée du bois, il est écrit : "Pêche interdite, sauf le mercredi. Les chiens ne sont pas admis."

— Et Patapouf? demande Martine.

— Mon papa ne dira rien.

Le garde-pêche est occupé à manœuvrer une vanne qui règle le débit du ruisseau.

— Patapouf peut entrer, dit-il, à condition de ne pas déranger Trompette la poule d'eau. Sinon, elle abandonnera son nid et les petits seront perdus.

— Patapouf ne fera pas de sottises, Monsieur.

Voici l'étang bordé de marronniers.
— Est-il profond?
— Au bord, non. Au milieu, on pourrait se noyer.
Est-ce que tu sais nager?
— Oui, je sais... Ce camion, d'où vient-il?
— C'est la camionnette de la coopérative
"Les Pisciculteurs Réunis".
— Les pisciculteurs?...
— Ce sont les éleveurs de poissons. Ils vendent les
alevins de leur élevage. Les alevins sont déversés
dans l'étang... Regarde, Martine. Il y en a des
centaines : des carpes, des perches, des gardons.
— Ils seront bien en liberté dans la nature.

6

Ce vieux moulin à eau sert de refuge au garde-pêche.
— C'est ici que mon père range le matériel, dit François.
— Ce poisson a l'air terrible!
— C'est un brochet que mon père a pêché l'année dernière
dans l'étang... Un gros ... Tu vois les dents?
François voudrait bien attraper un poisson comme celui-là!
— Nous allons pêcher sur l'île. J'espère que papa me prêtera
sa canne et son épuisette.

Le garde-pêche a répondu :
—D'accord. Prenez le radeau ...
Et soyez prudents, les enfants!
Cet engin n'est pas commode à
manœuvrer.
Les canards curieux approchent.
En voilà un qui s'installe sur le
radeau. C'est Adémar le canard
domestique. François le connaît
bien. Il vient de la ferme voisine.

Les cygnes n'aiment pas être
dérangés. Ils sont de mauvaise
humeur.
— Laissez-moi passer! aboie
Patapouf. Je vais à la pêche.

— Si on jouait les explorateurs? dit François...
Ce serait très dangereux... Il y aurait des Indiens partout.
— Moi, je n'ai pas peur. Je suis Adémar le canard intrépide.
— Celui-là, c'est le Grand Chef? demande Patapouf.

— Mais non!
C'est Baptiste le
fermier. Tu vois bien
qu'il pêche. Il ne faut
pas le déranger.

Un radeau ne se manœuvre pas comme une brouette. Il faut le diriger adroitement.
— Tu pousses avec la perche au fond de l'eau, Martine...
Non, non pas comme ça! La perche ne doit pas rester enfoncée dans la vase.
— François, je tombe ...
Je tombe... Retiens-moi.

Voilà Martine à l'eau. Heureusement elle sait nager!

François est là pour la hisser sur le radeau.
—Tiens bon, Martine!

10

Tout s'arrange. Martine a repris sa place à l'avant du radeau.
L'aventure continue.
— Cette bête-là, qu'est-ce que c'est?
— C'est Trompette la poule d'eau...
Laisse-la donc tranquille! Mon père n'aime pas que l'on inquiète les poules d'eau.

En voilà trois qui s'enfuient en courant sur les feuilles de nénuphars.
— Moi aussi, dit Patapouf, je peux marcher sur les ...
— Patapouf! ... Patapouf!
Quel plongeon!

Tout à coup le vent s'est levé. Le radeau s'est mis à dériver.
Impossible de le contrôler...
Cela devait arriver. Il s'est échoué dans les branches...
On ne pourra jamais le dégager.
— Nous sommes bloqués sur l'île, dit François. Comment
allons-nous rentrer ce soir?... On trouvera bien un moyen.

Débarquons ici...

— Est-ce que tu es déjà venu sur cette île?

François dit que non.

Il a l'air inquiet. (C'est pour taquiner Martine. Mais il sait bien que l'on peut s'aventurer par ici sans danger.)

— Quel endroit mystérieux!

— On se croirait dans la forêt vierge...

— Où sont les pirates? demande Patapouf.

— Ce chien, qu'il est bête!...

On est bien sur l'île.
Pas de dragons qui crachent le feu.
Pas de pirates féroces.
Tout ça n'existe que dans les histoires.

François a toujours de bonnes initiatives.
— On est tout mouillés. Mettons nos vêtements
à sécher sur la passerelle.

Les maillots, c'est pratique.
On peut patauger dans l'eau. Attraper des
grenouilles.
Il y en a là-bas une qui se gonfle... qui se
gonfle... qui se gonfle... On dirait qu'elle va
éclater!
— Tiens, une libellule.

14

— Tout de même, dit François,
j'aurais aimé attraper un
brochet comme celui de papa.
On l'aurait conservé dans le
moulin à côté de l'autre.
— On pourrait peut-être le
capturer avec l'épuisette?

Un martin-pêcheur se pose sur
l'extrémité de la canne.
Il a de jolies couleurs.
Quand il pêche, il plonge
comme une flèche. C'est un
oiseau extraordinaire.
Oui mais...

François a la tête ailleurs.
Il s'interroge.
— Où est donc passé ce fichu
brochet?
— Ne t'en fais pas comme ça! dit
Martine. On finira par le trouver.

— Le voilà, ton brochet! ... Je le vois.
Je le vois... Viens vite!
— Le brochet? Où ça?
— Il se cache dans les herbes entre
deux eaux. Là!... Il est énorme.

Martine a raison.
François n'a jamais vu un brochet de
cette taille.
Il doit avoir les dents comme
des aiguilles.
On ne pourra jamais l'attraper.
Quand le brochet chasse, tous
les poissons s'enfuient.
C'est un redoutable carnivore.
— Attention! Patapouf.

Il est temps de penser au goûter que maman a préparé dans le panier.
Ce brochet! On en parle encore :
— Ça doit peser lourd, un poisson pareil! Un vrai petit crocodile.
— Un crocodile?... Un crocodile?... Patapouf ne se sent pas très bien. (C'est comme s'il avait avalé un os de travers.)

— Eh bien! Patapouf. Que fais-tu là, sous la table?
— Je n'ai pas faim... J'ai peur du crocodile.
— Mais non! C'est des blagues. Ce n'est pas un crocodile.
C'est un brochet. Un bro...chet.
Tu comprends? insiste Martine.
La prochaine fois, tu resteras à la maison.

— As-tu déjà vu des hérons, Martine?

— J'en ai vu dans un jardin zoologique.

— Alors grimpe dans mon arbre. Tu pourras en observer autant que tu voudras... Ne crains rien. Les branches sont solides.

Dans les arbres, c'est chouette. On se croirait sur un voilier. Le vent souffle. Il faut se tenir tellement ça balance.On voit loin. Ça fait une drôle d'impression.

D'ici on découvre la héronnière. C'est l'observatoire du garde-pêche.

Dans la héronnière, il y a les
hérons grincheux et ceux qui ont
un caractère plus facile.
— Les autres là, qu'est-ce qu'ils
ont? Ils sont si drôles!
— Ce sont les jeunes. Leurs
plumes ne sont pas encore
formées. Ils ne savent pas voler.

Quand le soir approche, les hérons
dispersés aux alentours se
rassemblent pour passer la nuit
dans les arbres proches de l'étang.
Il en arrive de partout.
Les places sont rares.
On se dispute à coups d'ailes, à
coups de bec.
— C'est ma place. Poussez-vous!
— Non, c'est la mienne.
Quel remue-ménage!

C'est presque la nuit. Les hérons se calment. Le silence descend sur la campagne.
Martine s'inquiète :
— Comment va-t-on quitter l'île?
— Avec le radeau, pardi!
— Tu sais bien qu'il est inutilisable.
— Ah! oui, j'oubliais ... On pourrait regagner le moulin à la nage?
— Non. J'ai peur de cette eau si noire.
— Allumons un feu.
— A l'aide!... Ohé! Ohé!...
— Pourvu que ton père nous entende!
— Il nous entendra. C'est sûr. Il a l'oreille fine...

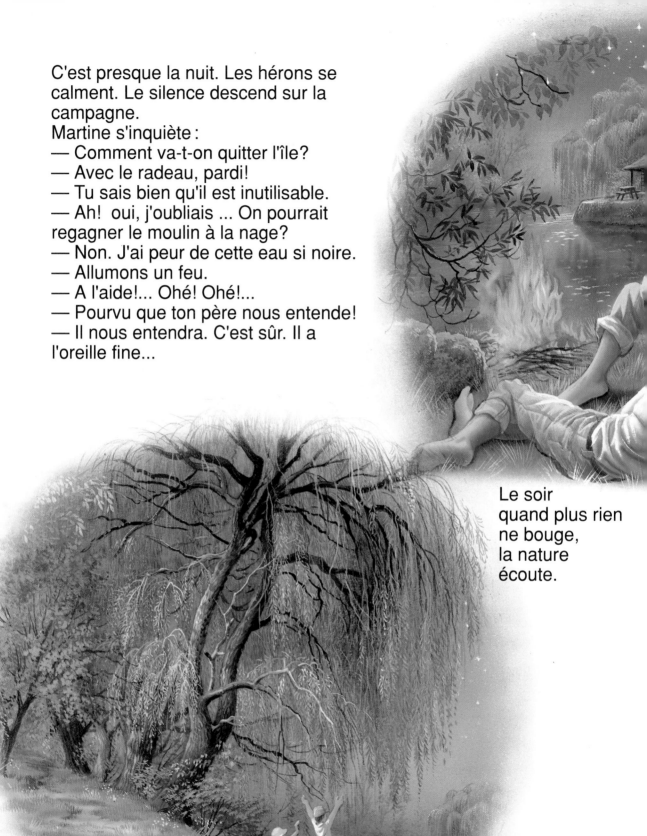

Le soir
quand plus rien
ne bouge,
la nature
écoute.

La nuit s'installe. Une nuit de velours et de lune.
— Mon père se doutera bien que nous avons eu des ennuis avec le radeau. Attendons-le ici. Tout est si tranquille!... On passera la nuit à la belle étoile. Soudain un bruit de rames dans l'eau.
— Ohé!... François, Martine.
C'est le garde-pêche avec sa barque.
— Je vous ai entendus. Je me suis dit : "Les enfants sont bloqués sur l'île. Faut que j'y aille!..." Et maintenant, à la maison. Il est tard.

Ainsi s'achève un mercredi pas comme les autres. On entend les carpes qui s'ébattent dans l'étang. Les étoiles brillent. Demain, il fera beau.

21

Imprimé en Belgique par Casterman, s.a., Tournai. Dépôt légal: octobre 1990. D. 1990/0053/114.
Déposé au Ministère de la Justice, Paris (loi n° 49.956 du 16 juillet 1949 sur les publications destinées à la jeunesse).